CATALOGUE

DES

Tableaux Anciens

DENTELLES, BRODERIES

ARGENTERIE, ICONES

Miniatures, Objets de Vitrine, Bronzes

MEUBLES ANCIENS ET DE STYLE

SIÈGES

TENTURES, BRODERIES

TAPIS D'ORIENT

DONT LA VENTE AURA LIEU

HOTEL DROUOT, SALLE N° 7

LE LUNDI 29 DÉCEMBRE 1913

A deux heures

Me E. BOUDIN
COMMISSAIRE-PRISEUR
14, rue de la Grange-Batelière

M. R. BLÉE
Expert près le Tribunal civil de la Seine
3, rue du Helder

EXPOSITION PUBLIQUE

Le Dimanche 28 Décembre 1913, de 2 heures à 6 heures

CONDITIONS DE LA VENTE

Elle sera faite au comptant.

Les adjudicataires paieront *dix pour cent* en sus des enchères.

Paris. — Imp. de l'Art, Ch. Berger, 41, rue de la Victoire.

DÉSIGNATION

GRAVURES, TABLEAUX

1 — *La Moisson. — La Glaneuse. — La Pastourelle.*

Trois petites gravures noires d'HUBERT et LEBAS.

2 — *La Vierge, l'Enfant et Sainte Icone.*

ÉCOLE ITALIENNE

3 — *Épisode des guerres romaines.*

ÉCOLE FRANÇAISE (XVIIIe siècle)

4 — *Portrait de Femme Directoire.*

ÉCOLE FRANÇAISE (XVIIIe siècle)

5 — *Portrait d'Homme.*

ÉCOLE FRANÇAISE (XVIIIe siècle)

6 — *Paysage avec figure.*

ÉCOLE FRANÇAISE (XIXe siècle)

7 — *Portrait de Femme.*

ÉCOLE FRANÇAISE (XIXe siècle)

8 — *La Fuite en Égypte.*

Petit panneau. Cadre en bois sculpté.

ÉCOLE FRANÇAISE
(Commencement du XIXe siècle)

9 — *Portrait ovale de Jeune Femme en corsage vert.*

Cadre à palmettes et écoinçons.

ÉCOLE FRANÇAISE
(Commencement du XIXe siècle)

10 — *Portrait de Jeune Femme en corsage gris.*

ÉCOLE ANGLAISE

11 — *Scène biblique.*

Toile.

12 — Boîte en forme d'album, garnie de velours à ornements et chiffre en bronze émaillé, contenant quatre aquarelles gouachées représentant : *Le Pont des Soupirs, à Venise*, par CHOUDAN ; *Vue de la Suisse*, par V.-P. MOHN ; *Vues de château et de villa*, par GEBHARDT et IRIDON.

COKORVOG ?

13 — *Petit portrait ovale de Jeune Femme avec son bébé sur les genoux.*

Aquarelle.

LEVÉ (Frédéric)

14 — *Le Pont de Neuilly.*

Gravure en couleurs.

VAN LUIT (Pierre)

15 — *Apollon et Marsyas.*

Dessin à la plume et au lavis.

MARATTI (Attribué à C.)

16 — *Femme étendue.*

Sanguine.

VICENTI (Juan de Joanès)

17 — *La Cène.*

Importante composition sur panneau

DENTELLES, BRODERIES

18 à 27 — Neuf coupes de dentelle ancienne en Valenciennes. — Environ 25 mètres.

28 à 32 — Cinq coupes de Valenciennes. — 13 mètres environ.

33 à 40 — Huit coupes diverses : petit volant Bruges, application de Bruxelles et d'Angleterre. — Environ 19 mètres.

41 à 43 — Trois coupes volant de Bruges. — 15 mètres environ.

44 à 46 — Trois pièces volant, col, petit fichu, imitation.

47 à 51 — Cinq coupes application de Bruxelles. — Environ 18 mètres.

52 — Petite coupe de vieille Angleterre ; petite coupe, point à l'aiguille.

53 — Volant à entre-deux de toile brodée et de Valenciennes.

54 — Volant en Chantilly blanc.

55 — Parure de col et de manchettes en Irlande.

56 — Parure en Bruges.

57 — Parure, col et volant, en application.

58 — Petit col en Valenciennes.

59 — Cravate en Bruges.

60 — Cravate en application.

61 — Cravate en point à l'aiguille.

62 — Deux petites coupes en vieille Valenciennes.

63-64 — Mouchoir linon et fil tiré; une enveloppe de coussin batiste, entourage Valenciennes.

65 — Mouchoir batiste, entourage vieil Alençon.

66 — Deux dessus de coussin en vieille Malines.

67 — Mouchoir en batiste, richement brodé et entouré de Valenciennes.

68 — Mouchoir en batiste brodée et entourage en Valenciennes.

69 — Petite ombrelle marquise, Chantilly noir.

69 *bis* — Trois mètres dix centimètres grand volant point de Gênes. — Haut., 45 cent.

70 — Coupe de vieil Alençon. — 65 cent.

71 — Volant de vieil Alençon. — 1 m. 70 cent.

72 — Coupe d'Alençon, d'époque Empire. — 1 m. 20 cent.

73 — Col en vieille Malines; col en vieille Valenciennes.

74 — Deux petits cols en vieux Venise à relief. XVIIe siècle.

75 — Fragment de volant en vieux Venise à la rose. XVIIe siècle.

76 — Douze petites coupes d'ancienne dentelle de Malines, Valenciennes, Angleterre, etc.

77 — Barbe en vieux Valenciennes.

78 — Deux voiles de baptême en tulle brodé à fleurs. XVIIIe siècle.

79 — Voile de mariée en application de Bruxelles.

80 — Volant de Bruges. — 3 mètres.

81 — Petit volant de Cluny. — 5 mètres.

82 — Volant de Chantilly blanc. — 3 mètres.

83 — Grand volant, décor de palmettes et de roses en point à l'aiguille. — 4 m. 60 cent.

84 — Petit volant, allant avec le numéro précédent. — 6 m. 10 cent.

85 — Manchon en skungs.

MÉTAL, ARGENTERIE

ICONES

86 — Grand samovar avec bol et plateau.

87 — Boule-brûle-parfums. XVIIe siècle.

88 — Brosses à cheveux, à habits, à chapeaux, montées en argent ciselé. Style Louis XVI.

89 — Glace-face-à-main, montée en argent ciselé, de style Louis XV.

90 — Petite jardinière ovale, à chimère et renommées.

91 — Petit face-à-main en argent doré.

92 — Face-à-main en argent doré. Époque Empire.

93 — Six fourchettes à huîtres et six fourchettes à escargots en argent; monture en ébène.

94 — Deux petits plateaux ovales en plaqué.

95 — Petite verseuse en métal.

96 — Lampe électrique en porcelaine et vermeil.

97 — Broc à eau en porcelaine et vermeil.

98 — Deux vases à fleurs en vermeil, de style Louis XVI.

99 — Boîte à biscuits, avec son couvercle, en cristal gravé et vermeil. Style Louis XVI.

100 — Brûle-parfums à trois pieds en vermeil; style Louis XVI; base en marbre rouge.

101 — Flacon-aspersoir en argent gravé, de style persan.

102 — Trois flacons à sel en cristal; monture en vermeil. (Seront divisés.)

103 — Grand flacon à liqueur en cristal gravé, bouchon et gobelet en vermeil.

104 — Trois gobelets-timbales en argent ciselé.

105 — Rond de serviette en argent.

106 — Deux petits flacons à odeur en cristal, bouchons en argent.

107 — Petite coupe-vide-poche en agate, montée dans des roseaux en argent ciselé.

108 — Gobelet à piédouche en argent gravé, décor de fleurs.

109 — Tasse à déguster, fond orné d'une pièce de monnaie, anse serpent. XVIIIe siècle.

110 — Porte-fleur d'automobile en cristal et vermeil.

111 — Verre d'eau en cristal et vermeil.

112 — Petite ménagère en cristal et vermeil.

113 — Gobelet princier de première communion en argent repoussé et ciselé.

114 — Deux coupes circulaires à piédouche en argent, de style Empire.

115 — Jatte en cristal; monture à oreilles en vermeil.

116 — Deux coupes à gâteaux en cristal et vermeil.

117 — Sucrier à poudre en cristal et vermeil.

118 — Cuiller en argent et vermeil.

119 — Service, comprenant : cafetière, théière, sucrier, pot à crème en argent, sur trois pieds-griffes. Style Empire.

120 — Porte-huilier, quatre assiettes, théière, pot à crème, etc., en faïence ou porcelaine.

121 — Timbale et petit vase en argent repoussé.

122 — Moutardier et sa cuiller en argent. Époque Empire.

123 — Petit sucrier, en forme de vase à piédouche, en argent repoussé. Fin du XVIIIe siècle.

124 — Assiette en cristal et vermeil.

125 — Confiturier et son couvercle en cristal et vermeil.

126 — Pot à compote avec son couvercle en cristal et vermeil.

127 — Parure : boucles d'oreilles et broche en or, montées de camées sculptés.

128 — Parure : boucles d'oreilles, broche et collier en pomponne et pierres vertes.

129 — Nécessaire d'homme en argent, contenu dans un écrin.

130 — Nécessaire de couture en argent doré, contenu dans un écrin.

131 — Parure de chemise : cinq boutons en or et pierres vertes.

132 — Bracelet extensible souple en or, avec montre au centre.

133 — Bracelet-gourmette en or, avec six breloques ou médailles.

134 — Petite icone ovale, médaillon représentant un pope ; monture argent doré.

135 — Petite icone peinte au vernis, représentant un pope ; cadre en argent repoussé. XVIIIe siècle.

136 — Icone, représentant la Vierge entourée de saints personnages, en argent repoussé et doré, appliqué sur figures peintes.

137 — Icone peinte : le Christ; fond et ornements en argent repoussé et doré.

138 — Icone peinte : la Vierge et l'Enfant; fond, ornements et encadrement à ressauts en argent doré gravé.

139 — Grande icone peinte : le Christ; fond et ornement en argent doré repoussé, gravé et ajouré.

140 — Grande icone peinte : la Vierge reçue au Temple; fond, ornements et encadrement en argent doré repoussé.

141 — Icone peinte : le Christ ; fond et ornements en argent doré repoussé.

142 — Grande icone : la Vierge et l'Enfant; fond et ornements en argent gravé.

143 — Icone-triptyque ; cadre en argent gravé et émail.

144 — Grande icone peinte : la Vierge et l'Enfant; ornements en argent doré repoussé.

145 — Icone : la Vierge et l'Enfant, en argent repoussé et doré, sur figures et mains peintes.

146 — Icone peinte, représentant le Christ, appliqué d'argent doré repoussé.

147 — Icone peinte, représentant un Apôtre ; ornements en argent doré repoussé.

MINIATURES

OBJETS DE VITRINE, BRONZES

148 — Miniature ronde; cadre en bronze.

149 — Autre miniature ronde; cadre en bronze.

150 — Miniature ronde : Portrait de femme, profil à droite.

151 — Autre miniature ronde : Portrait de femme, profil à droite.

152 — Miniature de l'École française : Portrait d'homme Directoire.

153 — Miniature de l'École française : Portrait de femme Directoire.

154 — Miniature de l'École française : Conversation champêtre.

155 — Un lot de petits camées, médailles, etc.

156 — Deux panneaux en bois dur incrusté d'ivoire. Travail chinois.

157 — Petit plateau ovale en bois dur incrusté de nacre. Travail du Tonkin.

158 — Trois soucoupes, deux tasses, un petit vase et une statuette; le tout en porcelaine ou faïence.

159 — Grand plat en porcelaine du Japon.

160 — Coffret en bois de rose plaqué de porcelaine et bronze.

161 — Petite tasse-mignonnette. Ancienne porcelaine de Paris.

162 — Boîte de sceau en cuivre repoussé, décorée de l'Aigle Impérial russe.

163 — Paire de petits vases en faïence italienne.

164 — Trois bonbonnières en porcelaine décorée.

165 — Sac en perles noires, fermoir en acier.

166 — Autre sac en velours noir et fermoir en métal repercé.

167 — Sac en perles de couleurs et fermoir en argent ancien.

168 — Deux petits éventails, l'un Empire, l'autre XIXe siècle ; monture en argent.

169 — Éventail en nacre ; feuille en dentelle duchesse et point à l'aiguille.

170 — Éventail en nacre ; feuille en dentelle-application.

171 — Éventail en nacre finement sculpté et ajouré ; feuille en moire appliquée de médaillons fleuris et papillons en point à l'aiguille.

172 — Éventail en ivoire, entièrement décoré au vernis d'une scène galante dans le goût de Lancret.

173 — Petit char attelé de deux bœufs en ivoire sculpté. Travail indien.

174 — Véhicule attelé de deux bœufs et éléphant indien en ivoire sculpté.

175 — Deux statuettes de pêcheur et pêcheuses en ivoire sculpté.

176 — Grande statuette de pêcheur en ivoire sculpté

177 — Manche d'ombrelle, cachet et statuette de divinité chinoise en ivoire sculpté.

178 — Sainte Madeleine, peinture octogonale sur marbre ; cadre noir.

179 — Médaillon rond : le Tsar, par BERTAULT.

180 — Grand vase en porcelaine de la Compagnie des Indes ; décor de personnages.

181 — Assiette à madrigal en ancienne faïence de Nevers.

182 — Petit brûle-parfum en bronze : Chinois sur un bœuf. Travail chinois.

183 — Paire de mouchettes en fer.

184 — Garniture de quatre poignées et trois entrées de serrure, d'époque Louis XV.

185 — Paire de candélabres en marbre et bronze ciselé et doré, de style Louis XIV. (*Maison Barbedienne.*)

186 — Paire de grandes lampes en porcelaine céladon de Chine. (*Maison Gagneau.*)

187 — Paire de potiches, avec leur couvercle, en porcelaine de Saxe ; socle en bronze doré.

188 — Deux bouts de table, à amour tenant les deux lumières, en cuivre poli. Style Louis XIV.

189 — Deux statuettes en bronze : Personnages, d'après l'antique.

190 — Statuette de Napoléon Ier en bronze vert.

191 — Deux grands vases en porcelaine décorée; pied en bronze.

192 — Petite pendule en biscuit : Jeune femme assise. Style Louis XVI.

MEUBLES, SIÈGES

193 — Petite console en chêne sculpté ; marbre rouge veiné. Époque Louis XVI.

194 — Petit coffre en chêne sculpté. Style xviie siècle.

195 — Deux portes d'armoire en bois mouluré. xviie siècle.

196 — Harpe, d'époque Louis XVI, en bois sculpté peint en vert et rehaussé d'or. Signée de *Guillaume à Paris*.

197 — Commode en noyer, de forme mouvementée et moulurée, à trois tiroirs, garnie de bronze ciselé. xviie siècle.

198 — Petite table en chêne sculpté, à un tiroir. XVIIIe siècle.

199 — Grande glace, dans un cadre en bois sculpté et doré.

200 — Écran de foyer en bois de rose et filets de marqueterie; feuille en soie brochée. Louis XVI.

201 — Secrétaire, ouvrant à quatre tiroirs et un abattant, en bois de rose et marqueterie à attributs de la Musique, de style Louis XVI; dessus en marbre veiné.

202 — Table à jeu à un pied central en acajou.

203 — Table à jeu à pieds carrés.

204 — Buffet à deux corps en bois peint. XVIIIe siècle.

205 — Table à jeu demi-lune en acajou.

206 — Bureau plat en acajou. Époque Louis XVI.

207 — Deux chaises-gondoles en acajou.

208 — Quatre chaises à barres, coussins rouges et bleus.

209 — Chaise-tambour en acajou.

210 — Six chaises paysannes en bois mouluré et garnies de paille.

211 — Quatre fauteuils et deux chaises en acajou et velours à fleurs.

212 — Deux fauteuils en acajou, garnis de vieux damas.

213 — Fauteuil en acajou, garni de velours d'Utrecht vert mousse.

214 — Fauteuil Directoire en acajou.

TENTURES, TAPIS D'ORIENT

215 — Quatre pièces tissus ou broderie.

216 — Tapis en satin vieux rose, à broderie métallique. Travail oriental.

217 — Tapis de table en satin vieux rose, à riche broderie de soie et de métal. Travail oriental.

218 — Grand carré de toile de Jouy, à sujet : Paul et Virginie, de ton violet.

219 — Tenture en vieille brocatelle. XVIIe siècle.

220 — Trois mètres environ drap d'or broché à fleurs.

221 — Bandeau en velours rouge, brodé de rinceaux de soie de couleurs.

222 — Chape en soierie crème brochée à fleurs, galon métallique. XVIIIe siècle.

223 — Dalmatique en soierie grise à fleurs, brochée et lamée, et soierie rouge à fleurs. XVIIe siècle.

224 — Autre dalmatique, analogue au précédent numéro.

225 — Chasuble, analogue au précédent numéro.

226 — Grand tapis de Smyrne, à décor de fleurs en vert sur fond rouge.

227 — Petit tapis persan à rosace centrale et écoinçons; bordure encadrement à fleurs.

228 — Autre tapis à rosace fleurie sur fond rouge; bordure encadrement à fleurs.

229 — Tapis-galerie ancien, à décor fleuri sur fond bleu; bordure encadrement à fleurs.

230 — Tapis de prière en soie.

231 — Autre tapis de prière en soie.

232 — Tapis ancien polychrome.

233 — Tapis-chemin à ornements polychromes.

234 — Tapis-galerie à ornements polychromes.

235 — Autre tapis-galerie à petits dessins.

236 — Tapis-carpette à dessins polychromes.

237 — Tapis ancien à ornements polychromes.

238 — Objets omis.

www.ingramcontent.com/pod-product-compliance
Ingram Content Group UK Ltd.
Pitfield, Milton Keynes, MK11 3LW, UK
UKHW021040260726
13994UKWH00005B/2273

9 782329 453798